文治
© wénzhì books

更好的阅读

# 东 京 好 吃 鬼

くいしんぼう

〔日〕松浦弥太郎 著　　安素 译

北京联合出版公司
Beijing United Publishing Co.,Ltd.

洋菓子
喫茶
アンヂェラス

# 前 言

一个好吃鬼，兴高采烈地出门去买和果子和其他美食。我这种沾沾自喜的心情是从什么时候开始有的呢？大概是因为家里人都是好吃鬼，耳濡目染之下，我也自然而然就变成这样了吧。

小时候每到周日，母亲和祖母就会带着我去涩谷、银座、日本桥的百货商店。母亲和祖母总是雀跃不已地讨论着“今天去买那个，今天去吃这个”，那幼年的画面至今留在我的脑海中。

如果要买的东西很抢手，也常常要排队。我就是她们贪吃之旅带上的小跟班。也许是在潜移默化下，到了自己能一个人出门的年纪，我对这些百货商店的街道、风情独具的小巷，都跟大人一样了如指掌。新宿、涩谷、日本桥一带自不必说，去浅草、上野、谷中一带，我也是购物专家。

“准备去趟日本桥，有什么好东西吗？”出门前问家里人要不要捎点什么回来，这句话是我们家的暗号。听说有人要出门，我家的好吃鬼们就不可能沉得住气。

“那边的那个东西买几个回来”“了解了解”。不只如此，“路上发现了好东西，就买回来了。”我家的好吃鬼们，也不会忘记任务之外的意外之福。

祖母在教授茶道，经常拜托我去买搭配的和果子，也就是差我去跑腿。和果子有季节的讲究，祖母还教我，当天吃的，要当天去买。祖母差我去的大多是老店，在这些特色各异的高门槛老店里，我混在大人里面买和果子，算得上是一件乐事。

现在想起来，是这些跑腿的差事才让我学到了怎么在街头散步，从而培养了一个好吃鬼。某家店几点开门，先到这家，再到那家，顺路去一趟另一个地方，再回家。怎么高效地买东西，我也是从小学生的时候就掌握了一个专业主妇的水平。

跑腿还有别的好处。店里的人知道我一个小孩来跑腿，总会送我一些好吃的。

“从哪里来的呢？”

“中野。”

“呀，跑了这么远，真了不起，来，这是跑腿费。”

“谢谢。”给我当跑腿费的和果子，我回家前坐在公园的长凳上或是随便哪里，一个人偷偷享用掉。就这样，我一看见好吃的就没了魂儿，变成了一个彻头彻尾的好吃鬼。

比如，去学校的教员室，看见点心盒里有和果子，我会毫不掩饰地评论说："这种一点儿也不好吃。"我就是这种煞有介事的小大人。回到家里,对着"中里"的糯米煎饼流口水，一点儿也不可爱。

这种孩子，长大了会变成什么样呢？读了这本书，大家就知道了。

在这本书里，我还想告诉大家，美味的东西的奥妙在于经过温暖的手调味。书里介绍的和果子和其他美味，很少是时下当红的炸子鸡，更多的是与时代转变一起流传下来，凝聚了匠人创意功夫的传统美食。

制作这些美食的人，就像每天准备晚饭的人一样，想着吃饭的人，专心地、饱含深情地花心思做出了这些美食。

祖母经常说："吃得出做的人的一所悬命。"我问祖母什么是"一所悬命"，祖母在纸上写下这四个字，告诉我说，是"专注于一件事情，赌上性命认真地去做"的意思。学校里教的是"一生悬命"。我还是更喜欢祖母写的"一所悬命"，老师说了好多次，我也改不过来。

这本书里所介绍的和果子和其他美食，正是人们的"一所悬命”的结晶，味道都是“一所悬命”的手工味道，希望大家仔细鉴赏。你会发现“一所悬命”的东西，美丽、美味、精致又可爱。

本书最早是在 anan 上连载，配上插图介绍和果子和其他美食，出版单行本的时候，请伊藤正子小姐一一拍了照片。和果子和其他食物的鉴赏方式，都由伊藤小姐来展现。看了拍成的照片，我真想对伊藤小姐说一声“谢谢”。责任编辑间野加菜代小姐、广濑桂子小姐也为这本书付出了心血，非常感谢。

每周一篇的“今天也是好吃鬼”，积累了 51 篇，汇集成这一册，令人无比欣慰。还有许多“一所悬命”的东西我会借别的机会，介绍给大家。

今天、明天、后天，我们都是好吃鬼。

松浦弥太郎

# 目 录

造型设计 伊藤正子
摄　影 加藤淳
店铺取材 中滨润子

くいしんぼう

松浦弥太郎

## 银座 WEST 的火腿吐司三明治

友人闭上眼睛，沉默片刻，发出了“朴素又美味”的赞叹。

友人是某人气时尚杂志的总编。我时不时和他一起出去品尝美味，今天，我们在银座的“WEST”见面。

“要不要尝尝这里的火腿吐司三明治？”我向他推荐我最爱的美食。

他想了想说：“这样啊，那就要一个吧。”他爽快地接纳了我的建议。

他问我：“松浦先生一直都点火腿吐司三明治吗？”我回答他说：“是的。”

他挤了柠檬汁，吃了一口，盯着手中的三明治，小声说：“火腿好吃。”

自己推荐的心头好得到这样高的评价，我高兴得不得了。本想把自己的那一份也分给他，但我这个好吃鬼，眨眼就吃光了。他正在擦嘴角的蛋黄酱，我倒想问他讨一块来吃。他离开后，我一个人留在店里，马上又点了一盘火腿吐司三明治。当然，仍然美味无比。

银座 WEST 的火腿吐司三明治

# “橘”的小枝花林糖

在银座八丁目的“橘”，我给重要的朋友买了花林糖做礼物。“橘”不能就近取货，不亲自去这家店就买不到。这点工夫是必须要花的，对自己来说，对收礼物的人来说，都显得更为珍贵。令人怀念的江户人情遗风，就是“橘”的精髓所在。站在门口，就不得不生出敬意。店面只是个两米左右宽的小店。拉开木拉门，迎面就是结账柜台。细长的花林糖“小枝”，粗粗的花林糖“磙子”，只有这两种是可以选择装在袋子里或者三种大小不一的罐子里。红、黑颜色的罐子上画着可爱的橘子纹样。

我家祖母是“橘”的老主顾。她很喜欢吃空“橘”的小罐子，然后很宝贝地收起来装别的东西。我十多岁时，祖母腿脚不方便，差我去“橘”买糖，我才认识了这家店。一直当零食吃的花林糖，不亲自来就买不到，我知道这一点以后，对执着于美食的祖母更加佩服。祖母一向只爱“小枝”，我也受到了遗传。美丽的金色的花林糖，近乎透明，过去和现在都没有改变。

“橘”的小枝花林糖

# 浪花家总本店的炒面

疲于奔命，心中缺少快乐的滋润时，我就想吃这里的炒面。我谁也不约，自己独自前往这家店。鲷鱼烧老铺“浪花家总本店”创业于明治四十二年（1909年）。第一次吃这里的鲷鱼烧，我瞪圆了眼睛，没想到有这么好吃的鲷鱼烧。那时我还是个小学生。后来每次吃，第一口的感觉都是“没想到鲷鱼烧这么好吃啊”！吃了这里的鲷鱼烧，还一脸风平浪静的人，我不能跟这种人成为朋友。

这家“浪花家总本店”做的炒面，我想详细说说，原料只有圆白菜和油渣，简单清爽，盘子一角配上红姜，撒上碎碎的海苔，越简单越好。没有加肉，应该是想营造粗茶淡饭的感觉。真酷，圆白菜的甜味恰到好处，优质猪肉炸出的油渣确实香。加少许伍斯特辣酱油调味的面，呼呼地大口吃着，不管多严肃的大人，都会变回孩子脸，就是这么神奇的炒面。

浪花家总本店的炒面

# 翠香园的大月饼

朋友说："我要去横滨的中华街。"我问："去干什么？"朋友说："去买月饼。"问去中华街的人去干什么，回答"去买月饼"的我还是第一次听到。"啊，月饼？""对啊，月饼。"对吃这方面，我算得上是个行家，但我完全没有去中华街买月饼的习惯。"你去的是同一家店吗？"我的声音激动得都变调了。"嗯，翠香园的最好。他家其他的点心也好吃。"朋友说。那是这世上最好吃的月饼，我便等不及吃到嘴了，第二天，我马上去了翠香园。

这里的月饼有黑芝麻馅儿的"馅大月饼"，还有"椰子大月饼"两种，两种我都买了。其他各式各样令人目不暇接的中华点心还有很多，当天我忍住口水，只买了月饼。味道如何呢？那是我有生以来第一次吃到这么美味的月饼。我特别喜欢椰子大月饼甜而不腻的风味。说实话，我原来不太喜欢吃中华点心。但是从那天起，我开始经常到翠香园报到，也成了一个不大不小的中华点心通。现在，我也能趾高气扬地显摆说"去中华街买个月饼"了。

翠香园的大月饼

# 神茂的手抓鱼肉山芋饼

每周六的早上，去筑地吃“茂助团子”和“鸡蛋年糕汤”已经成了我的习惯。浓香的酱汁上浮起蛋花，用筷子搅一搅，真是无比享受的一刻。煎得正好的金黄色年糕、白色的山芋饼在对着我微笑。不知何时起，我迷上了白色鱼肉山芋饼的味道。“年糕好吃，山芋饼也好吃。”见我哧哧地笑着，老板娘无可奈何，只好多给我一块。

这里的鱼肉山芋饼是哪里来的？我诚惶诚恐地向老板娘打听。老板娘告诉我：“我们家的山芋饼都是从神茂进的货。”原来是日本桥的神茂啊，难怪这么好吃。

自此以后，我就成了“神茂”山芋饼的热心食客，它的全名是“手抓鱼肉山芋饼”。江户以来传下来的做法没有走样，原料只采用宫城县气仙沼产的鲨鱼肉，在石臼中碾碎，熟练的匠人的手工，才能产生这种软软的口感。于是，“神茂”的手抓鱼肉山芋饼，才具备了固守传统的江户口味，这种饼当点心吃也很不错。

神茂的手抓鱼肉山芋饼

## 高桥的红鲳鱼定食

比起肉，我更青睐蔬菜，不过，我算不上素食主义者。比起肉，我只是更喜欢蔬菜而已。不过，有时候，我会想吃鱼想得不得了。对我来说，鱼既不属于肉类，又不属于蔬菜。不是每天都想吃鱼，但不时会想吃一顿人间至上美味的鱼。

这种时候，我会去筑地的“高桥”，一般人我不带他去。“高桥”最适合一个人去，安安静静地吃美味的鱼。我点的是“红鲳鱼定食”，2700 日元。大家觉得是贵还是便宜呢？如果你知道新鲜的红鲳鱼原价多少，应该只会闭嘴偷笑。“高桥”的红鲳鱼，好像是青森或是佐渡的，重量大概 300 克，大小是最美味的。伸出盘子的红鲳鱼放在眼前，心里早就蠢蠢欲动：“开动了！”夹一筷子鱼肉，送到嘴里，说不出的口感令我脑中一片空白。“高桥”独特的红鲳鱼本身的美味凝缩在这一筷子里，令人不得不佩服厨师煮鱼的手艺。啊，真好吃。

高桥的红鲪鱼定食

## 志村九十九饼

我第一次去目白车站附近的“志村”，是在高中时被上目白女校的女朋友拖去的。上完课穿着学生服进咖啡店是不被允许的，所以我们总是在“志村”二楼的甜品处碰头，我永远也忘不了夏天吃过的草莓冰沙的味道。

步入社会以后，我才知道“志村”最有名的，是“九十九饼”。看到“志村”这几个书法字，就会高兴地想“我知道那家店”。九十九饼一眼看上去跟葛粉糕差不多，吃在嘴里却别有一番风味，出乎人的意料。加了鸡蛋的饼皮真是好吃。朴素又令人回味的口感，咬一口就在嘴里扩散开来。饼皮里是北海道洞爷湖的名产虎豆，塞得满满的，不管是口感还是虎豆的味道，与撒上大豆粉的饼皮配合得恰到好处才会如此美味。“九十九”是“许多”的意思，可以吃很多的美食，这是“九十九饼”这个名字的美好愿望。

志村九十九饼

## 弁松的本七丸

那是从小就熟悉的味道，“日本桥弁松总本店”为法事和节日等人多的时候准备的木盒便当。我最爱里面必备的山橘，父母见我甚至用舌头意犹未尽地舔着便当盒，常骂我不长进。

从江户时代开始的味道是大量使用酱油和砂糖的又甜又辣的味道，很受在鱼市场打工的轻子（搬运工）的欢迎，他们把吃剩的饭包在薄木纸里带回家，大受好评，不知何时改做了木盒便当。

木盒便当有好几种，其中“本七丸”是奢侈的便当。可以用来送人或是奖励努力的自己。煎蛋、鱼糕、甜煮蔬菜、照烧鱼、樱煮章鱼，一直以来都是里面必备的菜品。

不忘游戏之心，好吃，好看，名字又好听，江户子。费尽心思讨人喜欢的江户子做出来“日本桥弁松总本店”的木盒便当，一打开盖子就叫人“哇”的一声惊喜地叫出了声，这就是江户子的作风。

接下来的季节里天气会越来越热，真想吃“本七丸”吃到肚子胀！

弁松的本七丸

# 竹村的炸馒头

跟喜欢的人交往，我一定会带去这家店。因为这家店里，有好吃的东西，好吃到想和自己喜欢的人一起分享。

我带去的大多是男人，这么说容易招人误解。“去吃点好吃的吧。”完全不喝酒的我，在要跟人好好谈事情的时候，就会这么说着，撩开“竹村”的门帘。两个男人对坐在桌子两旁，一起吃炸馒头，不亚于把酒言欢。

“竹村”的炸馒头，对我来说就是这样的存在。

昭和五年（1930年）创业的“竹村”。那里的填馅儿，继承了创业之初的秘诀，使用的是北海道十胜的优质红小豆，据说每天早上就要起来做，滑润醇厚的红豆味道，不仅口感好，还会让人心生欢悦。温和又柔软、无与伦比的口感是它最棒的地方。吃了炸馒头的人，都会露出幸福的表情。刚炸好的馒头衣，脆脆的，真好吃。

“竹村”的店面我也很中意。这家名店，并不显得阔气，反而很亲切，随时可以来歇歇脚。

竹村的炸馒头

## 巴里 小川轩的元祖葡萄干夹心饼干

最近挂在我心尖的是台湾的夹心饼干。一年一度的台湾之行，出现了令人眼前一亮的好吃的饼干。对，台湾就是众所周知的夹心饼干王国，而且现在很多台湾的糕点师傅会去东京的名店进修数年，学习调味，磨炼技术和感觉，然后回到台北，在自己的店里大放光彩，这已经成为一种模式。我有一个朋友就是这样，在台北做出了自己的菠萝蛋糕，大受欢迎。朋友们最喜欢的是“巴里小川轩”的“元祖葡萄干夹心饼干”。每次他都会托我买来带给他当手信。还会感叹说：“这么美味的点心，到底是怎么做出来的？”

“巴里小川轩”的座右铭是“材料八成，手艺二成”。元祖葡萄干夹心饼干，严格选用了葡萄干、黄油、香草等最高级的食材。台湾的朋友们都说，从来没有吃过这么好吃的饼干。奶油就肯定没法比。这就是自创业以来，一直追求极致味道的元祖葡萄干夹心饼干。

巴里 小川轩的元祖葡萄干夹心饼干

# 舟和的山芋羊羹

舟和的山芋羊羹，在我的最爱和果子里可以排进前三。

前几天，听一位店主嘴里说出“迎客三步，送客十步”这句话。这是商人的待客智慧，迎接客人的时候要走上前三步，送别客人的时候要送十步。“舟和”的山芋羊羹吃第一口的感受和当你回味时就是如此。味道背后隐藏的，是这种地道的待客之心。平时不爱吃山芋的人，也会说“山芋羊羹还是可以试试的”。

“舟和”是诞生在东京浅草已经创业了100年以上的老铺。当时一般平民吃不起高价的熬制羊羹，在浅草经营山芋批发店的创业者就和和果子师傅一起悉心研究，做出来的就是山芋羊羹。这个主意还真是只有江户子才能想出来。从古至今，山芋的皮都是靠手工剥除的，这样做出来的山芋羊羹不可能不好吃。充满了山芋本身的香甜柔滑，朴素又奢侈，用这句话形容最合适。

“舟和”还有“馅球”这种好吃的点心，甜而不腻，也是我的心头大好。

舟和的山芋羊羹

# 爱养的果酱黄油吐司

我最喜欢的店“爱养”，不知道是该称它为咖啡店还是咖啡角，“爱养”就是“爱养”。角落里也有小小的圆桌可以入座，不过大部分都是细长的吧台。客人大多是在筑地市场工作的，打声招呼落座之后，自己点的“老样子”马上就端出来了，没有人会在这里坐很久。都是匆匆喝完，匆匆离去。凌晨3点半开店，中午12点半关门，这就是筑地市场。

虽说就是杯咖啡，糖放多少，牛奶放多少，要温的还是热的，问题还真不少。吐司上黄油和果酱怎么涂，吐司怎么切，不知道有多少细节，这些常客的“老样子”，这家店全都记得。

我总是会点加奶咖啡和吐司，满满一杯的热奶咖啡加糖，吐司涂上黄油和果酱，细细切成八块。

对一眼看上去不是熟面孔的客人，这家店也十分热情，去过一次后，谁都会喜欢上“爱养”，在这里约会也不错哦。

爱养的果酱黄油吐司

## 卡特雷的元祖咖喱面包

我从小就喜欢吃咖喱面包，现在去面包店，也会忍不住寻找咖喱面包，为什么我这么喜欢咖喱面包呢？是因为有一家店的咖喱面包，顶级好吃，那就是森下的“卡特雷”。昭和初期的“卡特雷”，在西餐热的潮流中，盯上了炸肉饼和咖喱。面包粉里加入咖喱、黄油、面酱，不在烤炉里烤，而是炸制，形状做得像炸肉饼，咖喱面包都是细长的。这就是“元祖咖喱面包”诞生的秘密。对小孩来说，炸肉排和咖喱是梦幻之队，不可能不喜欢。

卡特雷的咖喱面包，味道从来没有变过。咖喱、黄油、面酱令人怀念的味道，配料来自猪肉糜、胡萝卜、洋葱。面包粉 40g、配料 70g 的组合，恰到好处。

冷咖喱面包好吃，要吃刚出锅的咖喱面包，需要在上午 7 点、11 点和下午 3 点去。热乎乎，软酥酥，黏糊糊又味道浓郁的咖喱，令人停不下口。元祖咖喱面包是甜甜的味道，也有辣辣的。

卡特雷的元祖咖喱面包

# Au Bon Vieux Temps的周末蛋糕

借着犒劳自己的借口，我不知道买了多少次Au Bon Vieux Temps的周末蛋糕。从盒子里拿出蛋糕的时候，总是满怀喜悦。杏仁酱和酥皮的糖衣，让人不禁眯起眼睛，满怀对做出蛋糕的感恩，小心翼翼地切开蛋糕，咬下第一口的瞬间，温柔的黄油味道和柠檬香气，让人简直受不了。

周末蛋糕可以存放，所以可以一片一片慢慢享用。朴素之中，有最高级的丰盛，这就是Au Bon Vieux Temps的河田胜彦先生做出来的点心。现在，周末蛋糕已经成了店里的固定品目，甜美不腻，适合当作礼物，看起来理所当然，其实很了不起。河田先生曾经说过："周末蛋糕可以每天吃，是很朴素的和果子。"

Au Bon Vieux Temps的店里总是人头攒动，生意火爆，但员工们仍然亲切认真，令人感动。在店里吃也是不错的体验。

Au Bon Vieux Temps 的周末蛋糕

# 小佐佐的糯米馅饼

吉祥寺的“小佐佐”，限定150份的羊羹，几乎都买不到，不过糯米馅饼却是随时可以买到的，这一点令人放心。糯米馅饼有红小豆馅儿和白馅儿两种。糯米馅饼的口味和羊羹入口即化的朴素味道相通，不过分甜腻的最相适宜。

战前的“小佐佐”，主要卖大福、团子等带馅儿的和果子，熬炼点心等上等的带馅儿和果子，还有煎饼、牛奶糖等。战争中店铺关门，到了战后又再度营业，因为店面有限，品目集中在可以买回去当手信、能够久放的糯米馅饼和羊羹两种。

馅饼和羊羹也是因为红小豆对身体好，在什么都能卖出去的高度成长期，这家店还能考虑人们的身体健康，真是令人佩服。作为原料的红小豆，他们从来不用便宜的，从创业时起，就一直使用北海道产的红小豆。

“小佐佐”的糯米馅饼外皮形状可爱，是我喜欢上它的理由，它的形状是在中国被认为有长寿功效的灵芝。店主希望，吃了“小佐佐”的糯米馅饼，大家都可以长命百岁。

小佐佐的糯米馅饼

# 寿司乃池的名代康吉鳗寿司

鳗鲡和康吉鳗你喜欢哪个？被问到这个问题，我总是很难回答。这两者确实很相似，但却是两种完全不同的鱼，最大的差别在于，鳗鲡大多是人工养殖的，康吉鳗是在海里生长的天然生物。据说康吉鳗很难人工养殖，说到味道和营养，也许鳗鲡略胜一筹（极微小的胜算），但它们各有各的好处，康吉鳗有康吉鳗的美味。

说到康吉鳗料理，首推江户式的康吉鳗寿司，既然是江户式，那就数东京湾的康吉鳗最佳。想吃美味的康吉鳗寿司，可以去谷中的“寿司乃池”，那里有在日本桥的“吉野寿司”修业已久的大厨野池幸三，他的手艺称得上是“江户遗风”。像“寿司乃池”这样，这么多年来专注于江户式寿司的店只有五六家。

吃了“寿司乃池”的康吉鳗寿司，会大吃一惊，松软的口感，真是美味，自己以前吃的康吉鳗、康吉鳗寿司都是些什么东西啊？野池先生的江户遗风的细节，还表现在米饭上。总之，米饭也很美味，米饭和康吉鳗的配合，天衣无缝。江户遗风，大概就是“恰到好处”吧。

寿司乃池的名代康吉鳗寿司

## 柳屋的鲷鱼烧

要说东京的鲷鱼烧，有三家是最有名的：浪花屋御本店、若叶、柳屋。每家各有特色，都超级美味，这三家店都地处生活气息浓厚的街道，一边排队买鲷鱼烧，一边欣赏此处风景，也不失为一种乐趣。地处乏味无趣的地方的鲷鱼烧店，味道也乏善可陈，这是我自己的一番牢骚，在这三家中我最喜欢的是“柳屋”。

“柳屋”创业于大正五年（1916年），上代主人原本在制馅所干活，学到了知识和技术，加上自己的发挥，开了一家鲷鱼烧店，现在已经是第三代了。

“柳屋”的鲷鱼烧馅儿很美味，清爽不腻，红小豆特别好吃，听说为了将红小豆的风味发挥到最大限度，他们的馅儿都绝不过夜，只用当天的。红小豆要在大锅里煮上近三个小时，然后放在铜锅里加上糖度高的砂糖熬煮，应该是忠实地坚守着上一代的制馅法吧。当然，面皮也很美味。一个师傅要盯住九块模子，眼疾手快地翻面，开强火快速烤熟，模子从创业时起就一直在用。这就是冷了以后也很美味的“柳屋”鲷鱼烧。夏天里，最想吃的就是鲷鱼烧了。

柳屋的鲷鱼烧

## 冰激凌工房波波利的草莓牛奶特色冰激凌

我经常问一起工作的同事："你最喜欢吃的是什么？"某天，我问了办公室最年轻的女孩，她回答说："冰激凌。"这让我大吃一惊。我问她："冰激凌比饭还好吃？"她满脸笑容地回答我："是啊！"她给我推荐了一家冰激凌店，那就是位于西荻洼的"冰激凌工房波波利"。据她所说，波波利的美味哪里都比不上，她还邀请我说："趁此机会一起去试试吧。"我恭敬不如从命。她说："先尝尝草莓牛奶特色冰激凌吧。"这里的草莓牛奶特色冰激凌比起一般的草莓牛奶冰激凌草莓量更多，只有在草莓上市的时候才能吃到。据说是店主长谷川惠试图重现小时候吃过的美味草莓牛奶冰激凌。同事开心地说："能吃到草莓牛奶特色冰激凌，真是幸运！"吃第一口，我就被摄去了心魂，新鲜牛奶冰和压碎的草莓（大量的）混在一起，简直是美味中的美味。

冰激凌工房波波利的草莓牛奶特色冰激凌

# 中里的糯米煎饼

在驹込[1]这个地方，留下了我和母亲的很多回忆。四季花开的季节，母亲就会带着我去六义园，当然不会错过樱花和红叶，杜鹃花开的初夏，我们也会去。去逛旧古河庭园的玫瑰园也是乐趣之一。

去驹込散步，每次必买的就是"中里"的糯米煎饼，这一直是母亲的心头大好，现在变成了我自己的美食，我时常会去光顾。

糯米煎饼并不是煎好的糯米馅饼，而是一种似是而非的有名的和果子。在糯米馅饼的面皮外撒上小麦粉皮衣，用芝麻油快速煎炸，撒上盐，最后出来的是类似咸仙贝的东西，煎炸好的馅饼皮像三明治一样夹住馅粒，这就是"中里"有名的糯米煎饼，咬一口，咸味的皮和朴素甘甜的馅粒，又咸又甜的味道，还真是难以言说。不过，这和果子真好吃，令人不得不服气。一打开盒子就停不住了，一口变两口，两口变三口，不知不觉地六个装的盒子就空了。外形好看也是加分点，听说原本是在日本桥创业的老铺，难怪呢！

---

1　日本汉字，音 yū，同"迂"。

中里的糯米煎饼

## 竹卷镊子寿司总本店的竹卷镊子寿司

“竹卷镊子寿司总本店”创业于元禄十五年（1702年），其历史起源于人形町，历经深川、神田、青山，曾经开过很多家分店，现在只剩下淡路町一家店，虽说是寿司店，并没有寿司师傅在，只有十二代店主宇田川洋子和儿子两个人掌管这家店。

“竹卷镊子寿司”顾名思义不是捏出来的寿司，更接近寿司的原型压寿司，把醋饭和材料用竹叶卷起来，据说第一代店主是从战国时代人们将米饭包在有杀菌作用的竹叶里当作兵粮得到启发的。

“镊子”是指鲷鱼鱼刺就算醋泡过之后，也不会变软，只能用镊子剔去，竹卷镊子寿司作为江户名产，曾经风靡一时。

这家寿司盒饭有好几种，我总是在店里吃“七个”。寿司的材料是鲷鱼、鸡蛋、海苔、鱼肉松、虾、鱼片、白鱼肉，加鱼贝咸味清汤。打开竹叶，才能看见里面的材料，没有比这更让人期待的了。新鲜的大叶竹的味道也令回味更加清爽。今天的手信，就选择这份代代相传300多年的江户名产怎么样？

竹卷镊子寿司总本店的竹卷镊子寿司

# 重盛永信堂的人形烧

自从吃了住在人形町的友人给我带来的“重盛永信堂”的人形烧，我就爱上了人形烧。以前，我不怎么喜欢人形烧，吃在嘴里总觉得黏糊糊的。

有人说：“住在附近的人都买这个。”给我买了十个装的豆沙馅儿人形烧，我不置可否地咬了一口，一点儿也不黏，很清爽，极薄的皮里面包着温润甘甜的豆沙馅儿，让人咬一口就不禁脱口而出：“真好吃。”“好吃吧？”友人满面笑容，当然好吃了，从此以后，我也会去买人形烧当手信。既然我觉得这么好吃，也一定要让没吃过“重盛永信堂”人形烧的人也尝尝。

大正六年（1917 年）创业的“重盛永信堂”的人形烧，本来叫烧馒头。人形町以歌舞伎、净琉璃、人偶剧闻名，渐渐就被叫作人形烧了。

加入了馅粒的“壶烧”，也就是壶的形状的人形烧特别好吃。

重盛永信堂的人形烧

## 汤姆的三明治的圆白菜和培根

去“汤姆的三明治”吃东西，对我来说就像去了趟美国。“汤姆的三明治”让我知道真正有料的三明治是多么好吃。

白乳木桌子，原木椅子，白色墙壁，店里有大大的玻璃窗，繁茂树木的借景，店里飘荡着奶酪和香料的香味，一切的一切都好像置身国外。包着头的店主汤姆先生（佐藤友纪先生）在厨房里挥舞平底锅的身影也令人印象深刻。虽说是卖三明治的店，却在用平底锅做菜，让年轻的我大吃一惊。自制的蛋黄酱好吃得让人睁大眼睛。咬下一整口酱黄瓜的时候，对“汤姆的三明治”发自内心的向往，让我自己都不好意思了。

我最喜欢的还要数“圆白菜和培根”。切碎的圆白菜和加拿大产的培根，加盐、胡椒、大蒜炒，夹在涂上黄油和芥末的面包里，是这里才能尝到的独一无二的绝妙三明治。

汤姆的三明治的圆白菜和培根

## 纲寿司的油炸豆腐寿司

有生以来让我第一次大叫“我爱死这个了”的，是油炸豆腐寿司。那是我小学二年级的时候，当时我的扁桃腺不太好，经常会喉咙发炎，引发高烧。那时，我曾经高烧到40摄氏度，一度住进医院。在我的想象中，进了医院，搞不好就要死了，我长吁短叹，没想到我的人生就到此终结了。医生和父母安慰我说，马上就会好的，我却坚信不会好，我任性得像变了一个人，住在医院里，父母问我吃什么，我脱口而出的就是油炸豆腐寿司。搞不好就要这么死了，要尽情吃自己喜欢吃的东西。任性的我每天都吃油炸豆腐寿司，喉咙疼也不管，强忍着疼也要吞下去，当时的一幕幕还鲜明地留在我记忆中，不过，当时的油炸豆腐寿司真好吃啊，我真幸福啊！

“纲寿司”的油炸豆腐寿司，特点是会翻过来炸，有一股香橙的香气，甜甜的，辣辣的，特别好吃。“纲寿司”的油炸豆腐寿司，长大了以后再吃，想起高烧住院的经历，我不禁眼泪汪汪，我一直觉得是油炸豆腐寿司治好了我的病。

纲寿司的油炸豆腐寿司

# 白妙的半熟芝士蛋糕

我曾经到处寻找半熟芝士蛋糕，起因是一个好朋友的母亲会做美味的半熟芝士蛋糕。每次去朋友家玩，我都会满心期待能吃到柠檬风味，加上温润微甜的奶油芝士的口感，确实妙到不行。

某天，我和往常一样去朋友家玩，他母亲说：“今天有特别的半熟芝士蛋糕哦。”尝一口，我就不禁睁圆了眼睛，他母亲说：“这是白妙的芝士蛋糕，我觉得是世上最美味的芝士蛋糕，比我做的好吃十倍。”我从此知道了“白妙”这家老字号和果子店，决心无论如何也要去一次。

当然，我立马就去了“白妙”。在店里吃的半熟芝士蛋糕，感觉更美味了，我还吃了奶油泡芙，之后我便成为浓厚的蛋奶糕美味的俘虏。

自此以后，我开始满东京寻找美味的半熟芝士蛋糕，“白妙”的味道成为美味半熟芝士蛋糕的标准。

白妙的半熟芝士蛋糕

## 黑松本铺草月的黑松

去致谢或是道歉时我都会带上和果子。光是口头说说感觉不能表达心意。在和果子的选择上，我会犹豫不决。有人认为，越是高级的东西看起来越正式，就随便选一个高级的就行了，但我更想选的，是品质一流，特别美味，让接受的人没有负担的和果子。

这时，我就会去“黑松本铺草月”买“黑松”。

“黑松本铺草月”，从东十条站走两步就到。一大早去买，也总是有人在排队，由此可见黑松是多么受欢迎的礼物。黑松是一种铜锣烧，黑糖和蜂蜜质地，调制的时候特意让空气进去，烧出来松松软软，里面还有馅粒，有着不输于黑糖蜂蜜的甜味。好吃的味道和绝妙的口感造就了黑松。黑糖、蜂蜜、馅粒，都不会过于甜腻，配合得恰到好处。这样的铜锣烧，不管吃几个都不会腻。

黑松本铺草月的黑松

## 入山煎饼的仙贝

我每周都在介绍自己最爱的零食和食物，其中，不论是买、吃，还是馈赠往来，我首推的是浅草的“入山煎饼”。

“入山煎饼”不能就近取货，想吃的时候只能自己去买。我太喜欢了，如果家附近有肯定每天都会去买。这家店离得远，真是万幸。

我喜欢把自己中意的东西送给别人，对方收到后开心的话，我就会停不下来，一直继续送下去。因此遭受到“入山煎饼”攻击的人至少有两个。

吃了“入山煎饼”的仙贝，任何人都会问自己，以前吃的仙贝到底是什么啊？可以斩钉截铁地说：“没有比这更好吃的仙贝了。”

“入山仙贝”创业于大正三年（1914年），坚持手工煎烤仙贝的只有这一家店，他们一直坚持做这一种仙贝，听说一天要做4000块。夏天在炭火跟前，师傅们也不停手，一直在做仙贝，他们的身影令人不禁肃然起敬。

入山煎饼的仙贝

## IL PLEUT SURLA SEINE的黑糖核桃饼干

收到朋友带来的手信，好吃得睁圆眼睛，那还是年轻时候的事了。年岁渐长，见过了些世面，舌头也变得挑剔起来，一般的美味已经不能令我惊讶。吃到美味的东西，还是会心怀感恩，但现在我似乎已经认为东西好吃是理所当然的了，还真是悲哀。

先不提我的一番谬论，有一种美味的点心，不管吃多少次，都能给我最初的感动，那就是 IL PLEUT SURLA SEINE 的黑糖核桃饼干。IL PLEUT SURLA SEINE 是弓田亨先生在巴黎的“让米埃”进修回国后，于昭和六十一年（1986 年）在代代木上原开创的法国点心店，现在已经迁移到了代官山，不光是一家糕点铺，作为食材店和料理教室也很有名，黑糖核桃饼干扎实的黑糖甜味和核桃的风味，吃一口，就会让人心中充满幸福的感觉。如果有人问我：“你知道的最好吃的饼干是什么？”我一定会回答：“黑糖核桃饼干。”

IL PLEUT SURLA SEINE 的黑糖核桃饼干

## 东京 FREUNDLIEB 的耳饼

德式面包店东京 FREUNDLIEB 的德式面包好吃，饼干和点心也美味得不得了，我是他们的熟客了。和名为“winner”的德式纺锤面包一起，我经常买的还有“耳饼”。

耳饼在德语里叫“猪耳朵”，在德国，猪是能带来幸福的吉祥动物，所以耳饼也是寓意吉祥的点心。脆脆的香草糖衣，新鲜黄油的味道，是耳饼美味的秘密所在。

耳饼有两种大小，“中耳饼”和“小耳饼”。我喜欢装在袋子里的“小耳饼”，我还会带上盒装的“中耳饼”去做手信，收到的人也都很喜欢。

还有，东京 FREUNDLIEB 每年圣诞节摆在店里的果子甜面包也是绝品。正宗的德国味道还要到东京 FREUNDLIEB 去品尝，大小有四种，我每年都会买最小的那种，或自己吃，或送人。德国传统的点心耳饼和果子甜面包，都是我经常送的手信。

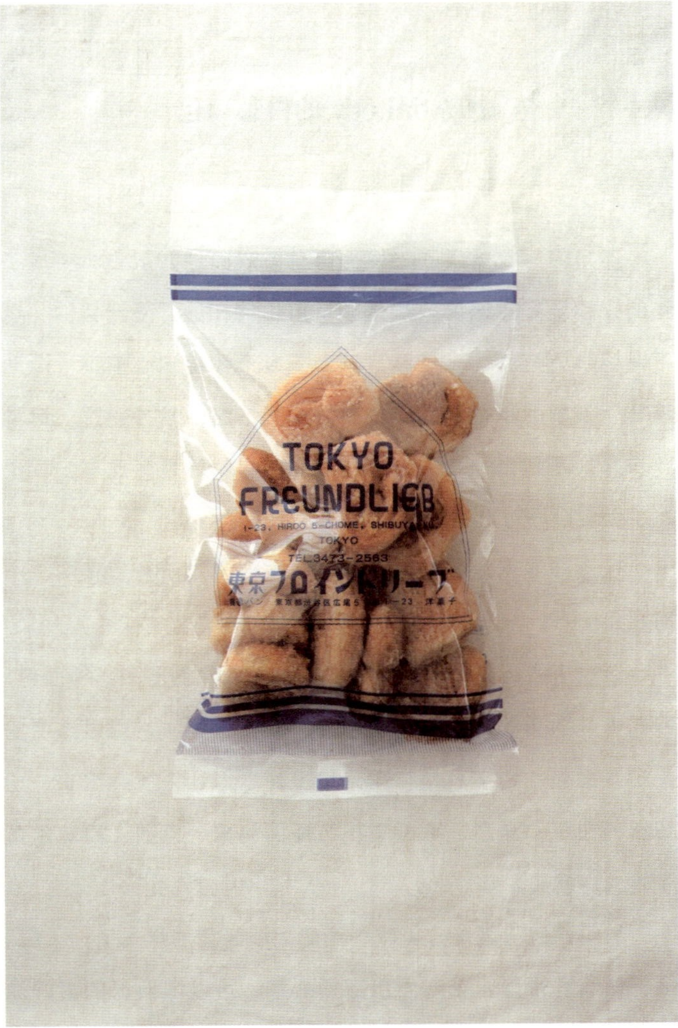


东京 FREUNDLIEB 的耳饼

# 中岛 bakery 的白菜面包

不知何时，休息的日子去自己喜欢的地方散步，变成了我的兴趣爱好。这种散步是非常自由自在的，漫无目的，也不需要事先查阅什么信息。总之，当天我会随心情挑一个地铁站，下车后步行到另一个车站，就是这么轻松惬意。这种散步必须是独自一个人，有人在身边，就算是随意漫步，也还是需要照顾对方，最后双方都不尽兴。

在这样漫无目的的散步中，我发现了本所吾妻桥的“中岛 bakery”。

这家店的历史可以追溯到战前，花式甜甜圈和纺锤面包，各式美味的花式面包，整整齐齐排在橱窗里，这里最出名的是白菜面包，名字真是朴实无华，朴素得让人要哭出来，切细丝的白菜、洋葱、黄瓜夹在纺锤面包里，再加上原味蛋黄酱和少许酱油调味。

纺锤面包已经十分美味，再加上炒面和油炸丸子、火腿、金枪鱼、鸡蛋等。花式面包都是必荐，可以随自己的喜好涂上花生酱、果酱、豆沙馅儿、人造黄油等，这也是旧式面包店才能享受到的乐趣。

中岛 bakery 的白菜面包

# 豆源的乳花干酪杏仁

小时候，麻布十番的“豆源”里，排得整整齐齐的大玻璃瓶里装的豆子，我贪心地这儿尝尝那儿看看，店里人没办法卖给了我一些，这段往事鲜明地留在我的记忆里。我叫着：“那个也要！”店里的大叔并没有摆出嫌弃脸，而是答应着“好”，把豆子一颗颗放在我手心，我死乞白赖地要了好几次，有梅子味道的粉红豆最美味。

江户时代创业的“豆源”，一直在卖豆子点心，2015 年满 150 周年了，真厉害！这几年我迷上了乳花干酪杏仁，不管是自己吃还是送人都会买它。这款人气商品，也经历了调整奶酪比例、奶酪加上辣酱等错误的尝试才有现在的广受欢迎。它看上去白白的、软软的，不知道尝起来什么味道？令人不禁浮想联翩。对的，对的，走进“豆源”有很多豆子点心，会让人好奇是什么味道，对我来说，这是从幼小时从未变过的吸引力，豆子与味道的变化与季节配合点心种类达到 90 多种。

豆源的乳花干酪杏仁

## MARUICHI BAGEL 的七谷蜂蜜无花果面包

对那些想开店的人，或是烦恼着找不到工作意义的人，我劝他们去 MARUICHI BAGEL 看看店主稻木美穗小姐，还有各位店员忙碌的身影，美味的面包和三明治，肯定会获得一番收获。

MARUICHI BAGEL 里有什么呢？那就是“一所悬命”，这家店最先让人嗅到的就是“一所悬命”的味道，满满的都是“一所悬命”的味道。这种“一所悬命”，让这家店变得舒适温暖，让面包和三明治变得美味，也表现在客人的笑脸和店的氛围上。

我最喜欢的七谷蜂蜜无花果面包是稻木小姐在纽约进修的名店 Ess-Bagel 的“九谷面包”的基础上改进而来的，吃一口就有一种“真是一所悬命”的感动。迁居到 MARUICHI BAGEL 附近是我最近的梦想。

MARUICHI BAGEL 的七谷蜂蜜无花果面包

# 坂口的一口霰饼

以前，友人曾送我“坂口”的“一口霰饼”当作手信，当时我的感觉是“品位真好”，包装纸和盒子上的创意，美观又美味的传统一口霰饼，可爱的样子令人心动。从此以后，我也很爱买坂口的一口霰饼作手信。作为手信，无论从外观、味道，还是价格上说，一口霰饼都正好合适。

煎饼屋“坂口”常备50多种仙贝和霰饼，光是看看橱窗就让人心动不已。一口霰饼是有30年以上历史的点心，据说是出自很多客人的呼吁，希望每种点心都能吃到一点儿，可以把它看作是有十四五种霰饼的“霰饼入门”，它有固定的霰饼搭配，还有一点儿也不甜的辣霰饼可以选择。

在“坂口”买点心会送你当季的特别火柴，点心和手信一起送给别人，收到的人很喜欢，到了年末还会送放在桌上的日历。

坂口的一口霰饼

# KATANE Bakery 的泡芙

在西原的“KATANE Bakery”，一大早就能吃到美味的早餐（煎蛋卷等），长棍面包和羊角面包也都很美味，这家店我经常去，有这家店在家附近让人感到十分幸福。这家店里的面包数量多达一百种，种类繁多，表示店主和客人之间的关系紧密，家人说：“这里的面包全都很好吃，一不留神就多买了。”我则总是说：“嗯，泡芙也好吃。”

“KATANE Bakery”的泡芙，有一群隐秘的支持者，店里总是收到订单以后，再挤奶油做泡芙，这一点让人特别喜欢。为什么呢？因为他们没有冰盒，脆脆的面皮里注入牛奶蛋羹再撒上糖霜就做成了。家人常说：“本来想送给别人，但刚出炉的最好吃，每次都是马上吃光了。”确实如此。

面包店的工作要从早忙到晚，非常辛苦，然而客人完全感觉不到他们的辛苦，店员总是满脸笑容，不厌其烦地耐心做泡芙的身影，令人感动不已。

KATANE Bakery 的泡芙

# 大家面包店的炒面热狗

小学的时候，我曾经在学校附近的面包店买了炒面热狗坐在路边吃，那种美味到现在也忘不了，吃了炒面热狗以后晚饭就吃不下了，父母总是嘱咐我不要乱吃零食，但炒面热狗实在太美味了，令我屡屡打破承诺。饱满的纺锤面包里满满夹上炒面，正中还盖着红姜丝，我张大嘴咬一口，狼吞虎咽。炒面加白菜加面包混合的味道和口感，让我不禁闭上眼睛细细品味。

丸之内的“大家面包店”是我在街上走着走着无意中发现的，当时正好是下午 3 点想吃点心的时间，我看着各式各样的点心和花式面包正在感叹的时候，忽然看到了炒面热狗。“啊，好怀念啊！”我买了一个。我一边溜达一边吃着炒面热狗，嘴里不住地感叹：“好吃，好吃。”纺锤面包就是小时候的味道。

“大家面包店”是名店“VIRON”的大厨在打理。令人怀念的味道，让人忍不住热泪盈眶。

大家面包店的炒面热狗

# JOHANN 的芝士蛋糕

以前在中目黑只有 JOHANN 这一家店，在目黑川沿线，没有时髦的商店和咖啡店，每年樱花开放的时节，来赏樱的游人也是星星点点。所以专做芝士蛋糕的 JOHANN 也只是一家熟客才知道的店。

JOHANN 是在昭和五十三年（1978 年）由从住友贝克莱特株式会社退休的已故的和田利一郎先生和他的朋友们创立的。和田先生感动于朋友太太做的家庭风味的芝士蛋糕的美味，从零开始钻研芝士蛋糕的做法。学习钻研的成果是原味、哈密瓜、蓝莓、酸味盐四种芝士蛋糕，朴素而高级首先表现在蛋糕的外表上。

和田先生亡故后，JOHANN 继承了“生产让人放心的美味健康食品”的理念，继续专心只做芝士蛋糕。

我去中目黑通常就是为了买 JOHANN 的芝士蛋糕，每次我都等不及回家，在目黑川走着走着，就把我最喜欢的蓝莓芝士蛋糕吃掉了。

JOHANN 的芝士蛋糕

## 御果子处屉间的松叶糯米馅饼

30多年来，我经常来往神保町，目的当然是逛旧书店，不过这里也有很多咖喱店、吉他屋、咖啡店之类让我心痒痒的有趣小店，令我一直乐此不疲。

逛旧书店我有很多怪癖，比如逛旧书店的顺序，还有在一家旧书店必须要买一本书，先迈进店里的必须是右脚，等等，倒不是什么了不起的坏毛病，但日积月累的这些习惯已经改不掉了。

有时候我会产生“今天就随心所欲寻寻宝”的念头，这种时候，我就会买一个“御果子处屉间”的松叶糯米馅饼。“御果子处屉间”的店面很清爽，掀开门帘进去，感觉自己也变得清清爽爽，松叶糯米馅饼有高级感的甜味，让人不由得感到身心舒展。

这种糯米馅饼以三味线的音箱为模型，上面有松叶纹，北海道产的红小豆不去苦味，去皮后制成豆沙馅儿味道浓郁，但又口感清爽，十分美味。托松叶糯米馅饼的福，我在旧书店发掘了不少宝贝。

御果子处屉间的松叶糯米馅饼

# 长门的久寿糕

每次去日本桥的“长门”，我都会深深感到，有传统风情的正统和果子店真好。这家店创业于江户时代，曾经是将军家的御用商人，代代负责管理德川家的和果子，现在已经是第十四代了。

我每次都会买“久寿糕”。长门的久寿糕使用的是蕨粉，和纯度高的砂糖混合在一起细心熬制呈现美丽的透明质感、独特的口感，令人不管吃多少次都充满感动。

满满撒上的大豆粉令久寿糕的美味到达另一个层次。加入了大量黑须大豆粉后，风味独具、品质绝佳的香甜大豆粉和超级美味的糕令人不禁吧嗒嘴。一包里面有12块，因为太美味了，马上会被一扫而光。我喜欢就着咖啡吃，也推荐大家这样吃。

因为是德川家的御用和果子商，“长门”的包装纸上有葵的纹样。不过仔细看，会发现葵的纹样不是三片叶子而是两片叶子，据说这是为了表示对德川家的敬畏，这一点还蛮感人的。

长门的久寿糕

## TORAYA CAFÉ 的豆沙酱纺锤面包

从纽约到东京来玩的旧友塞斯带我去青山一丁目的“TORAYA CAFÉ 青山店”，我们约好一起吃早餐，塞斯说，“TORAYA CAFÉ 青山店”早上 8 点就开门了，我吃了一惊。生活在东京的我都不知道这件事，反倒是生活在纽约的塞斯这么清楚。

塞斯说：“上次我来东京的时候，去了 TORAYA CAFÉ 青山店，马上掉进了坑，然后每天都和女朋友来吃。最后一天，无论如何都想再吃一次，去机场前的早上也吃了。早上开门早，真开心。”

“一大早就吃豆沙酱啊……”我虽然有些犹豫，还是和塞斯一起吃了豆沙酱纺锤面包。然而，意外的是，豆沙酱和奶油芝士跟咖啡配合在一起正好。我不由得发出赞叹：“嗯，真好吃，真不错。”塞斯当然也感到十分满足。

从此以后，我也爱上了豆沙酱纺锤面包。早饭去“TORAYA CAFÉ 青山店”成了我的习惯。

TORAYA CAFÉ　的豆沙酱纺锤面包

## 盐濑总本家的盐濑馒头

“盐濑总本家”的“盐濑馒头”可以说代表了日本和果子的历史，这是日本最早的红小豆馅馒头。贞和五年（1349年），“盐濑总本家”的创始人林净因从中国来到日本，因为僧侣们禁止肉食，他用熬煮的红小豆加上干葛和盐做成馅儿，包在面皮里蒸熟后就是豆沙馅馒头。当时在日本，除了柿子干、炒板栗、小豆汤之类，没有别的甜食，豆沙馅馒头是划时代的发明。后来，林净因的子孙绍绊在中国学习制作甜点，做出了现在的盐濑馒头，做法仿效中国的宫廷料理，现在仍然在沿用。

盐濑馒头放在眼前，让人不仅感到不愧是有660年的历史，小巧圆润，可爱得不得了的白色馒头，味道只是毫不惊艳的美味。但是这毫不惊艳的美味，会在吃完以后深深沁入心肺，令人产生一种独一无二的幸福的回味，真是了不起的馒头！把自己当成僧侣来品尝，又别有一番风味。

盐濑总本家的盐濑馒头

# Angelus 的 Angelus

“二战”后不久的昭和二十一年（1946 年），传统的酒馆已经不受欢迎，吸引人们的是咖啡的香气和美味，其中浅草的 Angelus 是一家特别的咖啡店。创始人泽田要藏先生在文化界人脉颇广，他想创造一个能和友人好好聊天的地方，于是诞生了 Angelus。

Angelus 的意思是“神圣的钟声”，那里的氛围让人联想到教会，最开始的椅背上刻着十字，在那个物资匮乏的时代，他们买进高级的咖啡豆，添加了当时还很珍稀的方糖，咖啡广受欢迎，风靡一时。

Angelus 的魅力并不仅仅在于它的历史和令人舒适的氛围，小号的蛋糕卷名字也叫 Angelus，在圣诞蛋糕还很奢侈的时代，这家店想做一款小孩也能吃到的圣诞树桩蛋糕，于是产生了这款可爱小巧的蛋糕，蛋糕有黑巧克力和白巧克力两种涂层。

Angelus 是如同它的店名“神圣的钟声”一样的存在，我真的非常爱它。

Angelus 的 Angelus

## 芋屋金次郎的特选薯条

每年养蜜蜂的高知友人都会送来自家酿造的蜂蜜，和蜂蜜一起送来的还有“芋屋金次郎”的特选薯条。一开始我还漫不经心地说：“还真是朴素的零食啊！”咬了一口，真好吃，又咬了一口。我马上给朋友打电话，嘴里不停赞着“好吃好吃”，不知道为什么比起以前尝过的山芋，薯片的味道更有山芋的香甜，说朴素也确实是朴素。

薯片的原材料只有山芋、砂糖、油，所以最关键的是山芋。据说这家店用的是鹿儿岛县大隅半岛上签了合约的农家栽培的山芋，这也是长期以来专注于栽培美味的山芋，最后能达到的最高品质，所以才如此美味。薯片是用菜籽油和米糠油混合的特制油快炸而成，油很新鲜，所以才如此口味丰富。炸好的薯片上浇上厚厚的糖浆，这也是美味的秘密。

和我一样是好吃鬼的友人一脸得意，东京日本桥也开了这家店，真是太开心了。

芋屋金次郎的特选薯条

## 长命寺的樱糕

前些日子我一直在想一件事。

女人可以一边哭一边说话，男人一哭起来就说不出话了。说真心话，前不久父亲因为年老体衰永别了这个世界，在告别仪式上我要致辞。以前我也哭过，不过站在大家面前百感交集，我不禁大哭起来，虽然很努力地要致辞，却话不成句。我切实感受到男人和女人的一大差别，是哭泣的时候能不能说出话来。

父亲最喜欢甜食，总是惦记着这里那里的点心。“长命寺樱糕”也是其中之一。创办者山本新六先生是长命寺的看门人，他看到周边的樱花树叶思考着怎么用好，做出来的就是樱糕。

父亲曾说过樱糕还是“长命寺樱糕”最好，他还说刚做好的樱糕放进杉木盒子里，在店里吃最美味。熟客里面也有人把樱花叶剔去跟泡饭一起吃。不知道父亲是怎么吃的，想着父亲，我在佛前供上了一盘樱糕。

长命寺的樱糕

# TORAYA TOKYO 的梨子焦糖羊羹

大家都知道“TORAYA”,“TORAYA”其实有四张脸。

虽然都是“TORAYA”,但有老铺“TORAYA”,有巴黎的“TORAYA 巴黎店”,还有打破和洋边界的“TORAYA CAFÉ”,还有返回点心店之初心的“TORAYA 工房”。

设在东京火车站酒店里的 TORAYA TOKYO 是从这四家店汇集代表性的产品推陈出新的“TORAYA”。

我最想推荐的是“TORAYA 巴黎店”卖的梨子焦糖羊羹。

1980 年“TORAYA 巴黎店”开张之初,外国人觉得羊羹看上去像黑色肥皂,为了让羊羹的味道和魅力被更多人知道,他们做出了梨子焦糖羊羹,自家制的焦糖和白豆馅儿熬制的羊羹放入用洋梨白兰地“POIRE WILLIAMS”熬煮的洋梨做成。

可以用刀叉吃,也可以外带,真的很好吃,会吃上瘾。

TORAYA TOKYO 的梨子焦糖羊羹

# YOKUMOKU 的雪茄卷

没有人不知道“YOKUMOKU”的雪茄卷吧？烤得薄脆的饼干卷成雪茄卷奶油味浓郁，非常受欢迎，形状像卷起的叶子，所以被叫作“雪茄卷”。雪茄卷不光是在日本尽人皆知，在美国也很出名，现在在中东也大受欢迎，中东地区有 20 家 YOKUMOKU 的店铺。

去欧洲考察的创业者藤绳则一先生邂逅了 langue de chat，这种饼干大量使用黄油，味道浓郁、口感柔滑，于是尝试把它做成一款成功产品。但是 langue de chat 这种饼干制作起来难度很大，薄薄的饼干很容易碎，多次失败后产生的创意是把薄薄的饼干皮卷起来。于是诞生了雪茄卷，到现在仍然人气很旺。

迪拜的 YOKUMOKU 里能享受到日本才有的恭敬细致的招待，当地人也很喜欢这家店的待客之道。雪茄卷作为美好的日本文化之一，在海外广受欢迎，我打心眼儿里高兴。

YOKUMOKU 的雪茄卷

# 筑地千岁的天妇罗仙贝

擅长烹调的友人邀请我去参加晚宴，每次我都会被精心准备的菜单震惊。前几天，令客人吃惊的是辣椒酱上面放的天妇罗模样的仙贝。用叉子把仙贝划开，就着意面一起吃。甜甜的虾肉、脆脆的口感、难以言说的美味，令大家都齐声称赞友人的高超手艺。

我指着仙贝问:“这是什么？”友人告诉我，是“筑地千岁”的“天妇罗仙贝”。仙贝过去是东京老铺和果子店的人气商品。我不禁感叹道：“原来如此！”“筑地千岁”的天妇罗仙贝使用的是春季捕获的天然鹰爪虾，添加了日本三大葱之一的岩津葱，用炸什锦的方法炸出来的仙贝。“是可以在料亭吃的天妇罗”，他们坚持的是这样的初心。

友人说：“放在刚煮好的米饭上浇上酱汁做茶泡饭吃，也很美味哦。”

筑地千岁的天妇罗仙贝

# DEAN&DELUCA 的小笠原柠檬炼乳

我还记得在纽约百老汇和王子大道的街角“DEAN&DELUCA”开张的日子。当时我在纽约。以丰富的饮食文化为中心、提倡全新生活方式的精品店“DEAN&DELUCA”对我日后的影响不可估量。有日本友人来纽约，我总是先带他们到这家店，看这里，看这里，看这里，我指着店里的各个角落向他们介绍，宣传着它的精致不凡和品味脱俗，以及它展示食材的方式、店员的接待。从世界各地精选的商品，最妙的是各种香料和副食品的香味混在一起，我最喜欢了。现在走进“DEAN&DELUCA”，我最先想到的还是令人怀念的纽约的气息。

我第一次见到柠檬炼乳这种涂在面包上的酱也是在“DEAN&DELUCA”，这种吃法是店员介绍给我的，我为它的美味感动不已。现在在日本的“DEAN&DELUCA”也能买到小笠原柠檬炼乳，口味丰富，味道鲜美，使用的是小笠原的无农药柠檬。每天早上，可以涂在热烘烘的面包上吃。

DEAN&DELUCA 的小笠原柠檬炼乳

## AUX BACCHANALES的黄油长棍面包

每个礼拜我都会去办公室附近的“AUX BACCHANALES”吃一两次早餐，他们家可以在店里用餐，每天8点就开始营业，这一点难能可贵。

早饭我总是会点牛奶咖啡和半根黄油长棍面包，剩下的就看当天心情，选择甜甜的烘烤糕点和三明治。

黄油长棍面包比普通长棍面包更细长，里面加入了有盐黄油，咬一口黄油充盈口中，实在是好吃，而且他们会把一根切成两半，吃起来更容易，也可以装在袋子里，就是我早上吃的半根黄油长棍面包。

黄油长棍面包从“AUX BACCHANALES”1995年创业时起就是摆在店里的拳头产品。可以说是喜欢黄油的人忍不住流口水的长棍面包。以前我曾经问过这种面包是怎么做成的，店里人告诉我说：“烘烤之前在面饼上用刀划线，然后挤进黄油放在烤箱里烤，然后再次挤入黄油。”这些功夫就是它美味的秘密吧。加热后吃更好吃。

AUX BACCHANALES 的黄油长棍面包

# DA DACHA的紫苏叶香肠

香肠和火腿专卖店“DA DACHA”我经常去光顾，因为我特别喜欢那里的紫苏叶香肠。那里有乌贼碳烤香肠、肋排香肠这些种类繁多的选择，可以随心所欲地挑选，乐趣无穷。在赏花的季节，做烧烤的时候我总是要买很多。

他家的招牌菜用整颗洋葱做汤，加入紫苏叶香肠，能做出很美味的酱汁，变得软乎乎的洋葱和香肠的日式味道配合正好。吃一口，紫苏叶、芝麻和绝妙的香料的味道在口中蔓延。

“DA DACHA”这个店名来自山形县鹤冈市白山地区的毛豆“达达茶豆”。非常偶然，我也很喜欢吃“达达茶豆”，每年夏天我家都盼望着从山形寄来的毛豆。

“达达茶”在当地的方言里是“老爸”的意思，“DA DACHA”这个名字有“卖美味香肠的老爹的店”的含义。

DA DACHA 的紫苏叶香肠

## 青木屋的油炸饼面包

都电荒川线三轮桥站附近有一家“青木屋”。

招牌上写着“元祖青木屋热乎乎的大面包”。一直以来看见蔬菜面包就控制不住自己的我，看见好像是电影里出现的“青木屋”的店面更是喜欢得不得了。进了这家店,会产生“真好，还有这种店”的感觉，你会情不自禁地流出怀旧的眼泪。商品名全是手写。客人都很任性，很希望这种保留着旧时氛围的店永远存在下去。

要说“青木屋”，最有名的当然是油炸饼面包。说它是大面包，名副其实，长 20 厘米的纺锤面包分量很足，里面夹着两块油炸饼。每天店里都会炸新鲜的，很好吃。第一次吃的时候,土豆饼的柔滑令我意外惊喜,这是没有肉的健康油炸饼。油炸饼和纺锤面包都是精心制作的，酱料选的也是“江户千鸟酱”。

昭和三十二年（1957 年）创业的“青木屋”，本来是卖食材、干货、蔬菜的，当时油炸饼很受欢迎，有些客人说想把油炸饼夹在面包里吃，于是诞生了他家的特色油炸饼面包。

青木屋的油炸饼面包

# ESQUISSE 的农夫面包

银座的法国餐厅“ESQUISSE”，只要我说去过，旁人都会投来羡慕的眼光，对方肯定会问：“怎么样？”我会回答他：“还是不要打听，什么都不知道，去了更感动。”

某天，一位美食家朋友送给我装在纸袋里的农夫面包，纸袋上印着“ESQUISSE”的名字，我问：“难道这是 ESQUISSE 的面包？”朋友得意地说：“是啊！”

从此我知道了“ESQUISSE”还卖自制的面包。只有每天上午 9 点半到 11 点，店门口会放上 8 种面包。店里自制的面包太好吃，在客人们的强烈要求下，这家店开始卖面包。“ESQUISSE”的面包是大厨巴蒂斯和成田一世先生每天早上做好烤好后送到银座的“ESQUISSE”的，切成 1/8 的农夫面包，稍微烤一下，放上卡芒贝尔干酪，浇上厚厚的蜂蜜吃。面包恰到好处的酸味很容易勾起食欲，好吃到让人说不出话来。

ESQUISSE 的农夫面包

# 千里轩的里脊肉排三明治

每个月有两三个周末，我会起个大早去筑地市场吃早餐。每次吃的都一样，在第 20 页和第 34 页我已经写了，我会去“茂助团子”吃鸡蛋煮年糕，还会去“爱养”就着暖暖的牛奶咖啡把涂满黄油和果酱的吐司吃进肚子里。这时候肚子已经很饱了，但在筑地市场总会觉得自己还能吃、还想吃点零食，于是我就会像被未知的力量牵引走向老牌咖啡店“千里轩”。

大正初期，日本桥还有鱼市的时候，刚创业的千里轩是一家牛奶店。大正十二年（1923 年）关东大地震后，鱼市转移到筑地，现在的店主是第三代。

千里轩有著名的里脊肉排三明治，他们使用的肉排是在水天宫的“LAGU”的厨房炸的加上酱调味运到筑地来，面包是在银座的“木村屋”精选的，很多人买来当手信，早饭吃里脊肉排三明治配奶油炖菜是最棒的组合，懂得这一点的不愧为美食家。

千里轩的里脊肉排三明治

# 店铺名录

**银座 WEST 银座本店**（P12）

银座 / 有乐町

东京都中央区银座 7-3-6

TEL：03-5711554

**橘**（P14）

银座 / 新桥

东京都中央区银座 8-7-19 江安大厦 1F

TEL：03-35715661

**浪花家总本店**（P16）

麻布十番

东京都港区麻布十番 1-8-14

TEL：03-35834975

**翠香园 点心部**（P18）

元町 中华街

神奈川县横滨市中区山下町 148

TEL：045-661-1266

**神茂**（P20）

三越前

东京都中央区日本桥室町 1-11-8

TEL：03-32413988

**高桥**（P22）

筑地 / 筑地市场

东京都中央区筑地 5-2-1 筑地市场 8 号馆

TEL：03-35411189

**志村**（P24）

目白

东京都丰岛区目白 3-13-3

TEL：03-39533388

**日本桥弁松总本店**（P26）

三越前

东京都中央区日本桥室町 1-10-7

TEL：03-32792361

**竹村**（P28）

淡路町 / 小川町

东京都千代田区神田须田町 1-19

TEL：03-32513328

**巴里小川轩新桥店**（P30）

新桥

东京都港区新桥 2-20-15 新桥站前大楼 1 号馆 1F

TEL：03-35717500

**舟和**（P32）

浅草

东京都台东区浅草 1-22-10

TEL：03-38422781

**爱养**（P34）

筑地 / 筑地市场

东京都中央区筑地 5-2-1 筑地市场 6 号馆

TEL：03-35476812

**卡特雷**（P36）

森下

东京都江东区森下 1-6-10

TEL：03-36351464

**Au Bon Vieux Temps 尾山台本店**（P38）

尾山台

东京都世田谷等等力 2-1-3

TEL：03-37038428

**小佐佐**（P40）

吉祥寺

东京都武藏野市吉祥寺本町 1-1-8

TEL：0422-22-7230

**寿司乃池**（P42）

千驮木

东京都台东区谷中 3-2-3

TEL：03-38213922

**柳屋**（P44）

人形町

东京都中央区日本桥人形町 2-11-3

TEL：03-36669901

**冰激凌工房波波利**（P46）

西荻洼

东京都杉并区西荻南 2-23-8

TEL：03-33339910

**中里**（P48）

驹込

东京都北区中里 1-6-11 中里铃木大厦

TEL：03-38232571

**竹卷镊子寿司总本店**（P50）

淡路町 / 小川町

东京都千代田区神田小川町 2-12 宇田川大楼 1F

TEL：03-32912570

**重盛永信堂**（P52）

人形町

东京都中央区日本桥人形町 2-1-1

TEL：03-36665885

**汤姆的三明治**（P54）

代官山

东京都涩谷区猿乐町 29-10

HILLSIDE  TERRACE C 栋 1F

TEL：03-34643045

**油炸豆腐寿司**（P56）

六本木

东京都港区六本木 7-14-16 利巴斯大厦 1F

TEL：03-34019953

**西洋果子白妙**（P58）

赤坂见附

东京都港区赤坂 4-1-4

TEL：03-35869039

**黑松本铺草月**（P60）

东十条

东京都北区东十条 2-15-16

TEL：03-39147530

**入山煎饼**（P62）

浅草

东京都台东区浅草 1-13-4

TEL：03-38441376

**IL PLEUT SURLA SEINE**（P64）

代官山

东京都涩谷区猿乐町 17-16

代官山富乐姆 2F

TEL：03-34765211

**东京 FREUNDLIEB**（P66）

广尾

东京都涩谷区广尾 5-1-23

TEL：03-34732563

**中岛 bakery**（P68）

本所吾妻桥

东京都墨田区东驹形 4-1-2

TEL：03-36229465

**豆源**（P70）

麻布十番

东京都港区麻布十番 1-8-12

TEL：03-35830962

**MARUICHI BAGEL**（P72）

白金高轮

东京都港区白金 1-15-22

TEL：非公开

**坂口**（P74）

市谷

东京都千代田区九段北 4-1-5

TEL：03-32658601

**KATANE Bakery**（P76）

代代木上原

东京都涩谷区西原 1-7-5

TEL：03-34669834

**大家面包店**（P78）

东京

东京都千代田区丸之内 2-7-3 东京大厦 TOKIA B1F

TEL：03-32940978

**JOHANN**（P80）

中目黑

东京都目黑区上目黑 1-18-15

TEL：03-37933503

**御果子处屉间**（P82）

神保町

东京都千代田区神田神保町 1-23

TEL：03-32940978

**江户风御果子司　日本桥长门**（P84）

日本桥

东京都中央区日本桥 3-1-3

TEL：03-32718662

**TORAYA CAFÉ　青山店**（P86）

青山一丁目

东京都港区南青山 1-1-1

新青山大厦西馆 B1F

TEL：03-54140141

**御果子老铺 盐濑总本家**（P88）

筑地 新富町

东京都中央区明石町 7-14

TEL：03-35410776

**Angelus**（P90）

浅草

东京都台东区浅草 1-17-6

TEL：03-38419761

**日本桥芋屋金次郎**（P92）

三越前

东京都中央区日本桥室町 2-3-1 COREDO 室町 2 1F

TEL：03-32776027

**长命寺樱糕**（P94）

浅草

东京都墨田区向岛 5-1-14

TEL：03-36223266

**TORAYA TOKYO**（P96）

东京

东京都千代田区丸之内 1-9-1

东京 station hotel 丸之内南 dome 2F

TEL：03-52202345

**YOKUMOKU 青山本店**（P98）

表参道

东京都港区南青山 5-3-3

TEL：03-54853330

**筑地千岁**（P100）

东京

东京都千代田区丸之内 2-7-2

KITTE B1F（KITTE GRANCH 店）

TEL：03-62560908

**六本木 DEAN&DELUCA**（P102）

乃木坂 / 六本木

东京都港区赤坂 9-7-4 东京 MIDTWON　B 1F

TEL：03-54133580

**AUX BACCHANALES**（P104）

品川

东京都港区高轮 4-10-8 京急第 7 大厦 1F

TEL：03-57987070

**DA DACHA**（P106）

尾山台

东京都世田谷区尾山台 3-10-5

TEL：03-57072755

**青木屋**（P108）

南千住 / 三轮桥

东京都荒川区南千住 6-47-14

TEL：03-38074517

**ESQUISSE 面包**（P110）

银座

东京都中央区银座 5-4-6

Royalcrystal 银座 9F

TEL：03-55375580

**千里轩**（P112）

筑地

东京都中央区筑地 5-2-1 筑地市场 8 号馆

TEL：03-35412240

**图书在版编目（CIP）数据**

东京好吃鬼 / (日) 松浦弥太郎著 ; 安素译 . — 北京 : 北京联合出版公司 , 2018.7
ISBN 978-7-5596-1337-0

Ⅰ . ①东… Ⅱ . ①松… ②安… Ⅲ . ①散文集 – 日本 – 现代 Ⅳ . ① I313.65

中国版本图书馆 CIP 数据核字 (2018) 第 002251 号



著作权合同登记 图字：01–2017–8320

**东京好吃鬼**
作　　者：〔日〕松浦弥太郎
译　　者：安　素
责任编辑：肖　桓
装帧设计：棱角视觉

北京联合出版公司出版
（北京市西城区德外大街 83 号楼 9 层 100088）
北京盛通印刷股份有限公司印刷　新华书店经销
字数 100 千字　880 毫米 × 1230 毫米　1/32　4 印张
2018 年 7 月第 1 版　2018 年 7 月第 1 次印刷
ISBN 978–7–5596–1337–0
定价：48.00 元

文治
wénzhi
微博：http://weibo.com/wenzhitushu
小站：http://site.douban.com/wenzhi

做好书